MAGDALENA AUVINET
@TRIPLE_L_DE_MAG

mon carnet de lecture POL

MARABOUT

Préambule

Je suis ravie de vous proposer ce carnet de lecture consacré à mon genre littéraire préféré : le polar. Mélange de réflexion et de logique, ce genre a le don de captiver, de surprendre… et surtout de rendre complètement accro !

Le polar explore une infinité de sujets, souvent profonds, toujours fascinants. Et j'ai toujours l'espoir d'un incroyable retournement de situation qui me laisse sans voix.

J'espère que ce carnet vous accompagnera dans vos enquêtes et autres aventures littéraires dans le monde du polar et que vous y noterez avec plaisir vos impressions, vos coups de cœur, vos intuitions. Vous redécouvrirez peut-être dans quelques années ces notes avec émotion !

Magdalena, Triple L de Mag

Matériel

- [ ] **Plaid :** pour se réconforter malgré l'ambiance sombre de nos lectures
- [ ] **Carnet et crayon :** pour noter les personnages (surtout quand on lit des polars nordiques !) et/ou pour noter les hypothèses au cours de sa lecture (et espérer être surpris !)
- [ ] **Thé ou café :** pour s'hydrater dans les ambiances haletantes
- [ ] **Planche de signets, voire surligneurs :** pour noter ses passages préférés
- [ ] **Marque-page :** pour vite reprendre sa lecture au bon endroit !

Ce **carnet** appartient à :

Prénom : ....

Date de naissance : ....

Je commence ce carnet le ....

J'aime lire...

- [ ] des romans policiers
- [ ] des cosy mysteries
- [ ] des thrillers
- [ ] des polars nordiques
- [ ] des polars historiques
- [ ] des thrillers domestiques
- [ ] autre : ....

Je lis au format...

- [ ] papier
- [ ] numérique
- [ ] audio

Les trois livres que j'emporterais avec moi sur une île déserte : ....

....

....

Ma mauvaise habitude de lecteur·rice : ....

....

....

Le nombre de livres que je lis en moyenne en une année (ce n'est pas une compétition) **:**

....

MON TRACKER coloré

Colorie un élément pour chaque livre lu cette année.

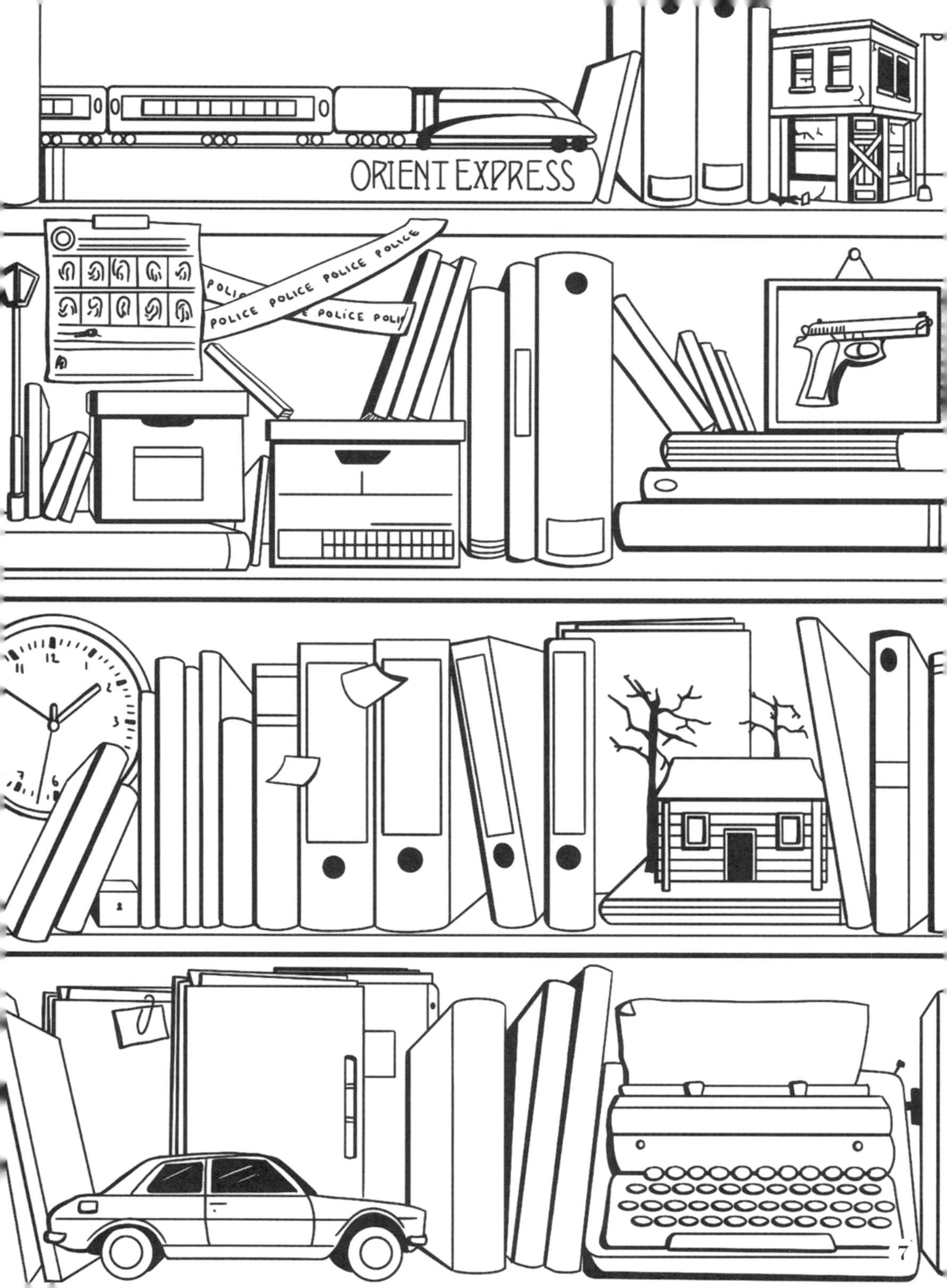
ORIENT EXPRESS
POLICE POLICE POLICE POLICE

Rappel
DES SOUS-GENRES

Il existe de nombreuses façons de définir le polar et ses sous-genres. Voici une définition des sous-genres principaux.

Roman policier : le roman policier se concentre sur la résolution d'un crime, souvent un meurtre. Le lecteur suit un détective qui recueille des indices et résout une énigme avec des rebondissements jusqu'à la révélation finale.

Thriller : le thriller crée une tension intense et un suspense croissant. L'intrigue met les personnages face à des menaces graves, souvent avec des retournements de situation surprenants, et le lecteur est tenu en haleine jusqu'au dernier moment.

Cosy mystery : ce sous-genre propose des enquêtes légères, souvent menées par un détective amateur dans un cadre chaleureux (village, petite ville, communauté soudée). L'humour, les dialogues vifs et l'ambiance cocooning y occupent une place centrale, malgré la survenue d'un crime.

Polar d'anticipation : à la croisée du polar et de la science-fiction, il projette l'intrigue dans un futur plus ou moins proche. Les enquêtes y explorent des enjeux technologiques, environnementaux ou sociétaux, en imaginant des mondes où la justice, la criminalité ou la surveillance prennent des formes nouvelles.

Roman d'espionnage : il met en scène des agents secrets, des complots politiques ou militaires et des jeux de manipulation entre grandes puissances. L'intrigue repose sur des stratégies d'infiltration, de trahison et de contre-espionnage, avec un fort enjeu géopolitique.

Polar ésotérique : ce sous-genre mêle enquête policière et éléments mystérieux liés à des savoirs anciens, des sociétés secrètes, des symboles religieux ou occultes. L'intrigue s'articule souvent autour de manuscrits anciens, de légendes, de secrets enfouis ou de rites mystérieux, avec un héros (journaliste, historien, enquêteur...) plongé dans une quête où les frontières entre réel et croyance sont parfois floues.

Polar historique : ce type de polar mêle intrigue criminelle et reconstitution d'une époque passée. L'enquête prend place dans un cadre historique précis (Antiquité, Moyen Âge, Révolution française, etc.) offrant au lecteur un double intérêt : la résolution du mystère et la découverte d'un contexte historique bien documenté.

Polar judiciaire : l'intrigue se déroule majoritairement dans l'univers judiciaire. Le héros est souvent un avocat, un juge ou un procureur. L'enquête s'entremêle à des batailles juridiques et des dilemmes moraux, avec parfois des scènes de procès très tendues.

Polar noir : plus sombre et désabusé, le polar noir s'ancre dans un univers cynique et souvent violent. Il met souvent en scène des antihéros confrontés à la corruption, à la misère sociale ou à leurs propres démons et insiste davantage sur l'atmosphère et la critique sociale que sur l'enquête en elle-même.

Polar nordique : originaire des pays scandinaves, ce type de polar se distingue par ses ambiances glaciales, sa rigueur dans les faits et sa profondeur psychologique. Il mêle souvent enquête criminelle et critique sociale, dans des paysages où l'isolement renforce le suspense.

Polar rural / rural noir : l'enquête se déroule dans un milieu rural, souvent pauvre ou désœuvré. On y trouve une grande attention aux lieux, aux tensions sociales et à la solitude.

Polar social : proche du polar noir, il s'attache à dénoncer les injustices sociales, les violences systémiques, la précarité. L'enquête est un prétexte pour explorer des réalités sociales fortes.

Techno-thriller : à la frontière entre thriller, science-fiction et polar, ce sous-genre repose sur des avancées technologiques, militaires ou informatiques. Intrigues autour du hacking, de la cybersécurité, de l'intelligence artificielle, etc.

Thriller psychologique : centré sur la psychologie des personnages, la manipulation mentale, la perte de repères. Souvent porté par un narrateur peu fiable ou des thématiques comme la folie, l'identité, le mensonge. Il s'agit d'un sous-genre des thrillers.

Thriller domestique : ce sous-genre des thrillers psychologiques se concentre sur les tensions et les secrets qui se nouent dans l'intimité du foyer. L'intrigue tourne souvent autour d'un couple, d'une famille ou d'un voisinage, avec une atmosphère oppressante, des soupçons, des mensonges, et un danger qui rôde là où tout devrait sembler sûr.

MA wishlist

☐ ....

☐ ....

☐ ....

☐ ....

☐ ....

☐ ....

☐ ....

☐ ....

☐ ....

☐ ....

☐ ....

☐ ....

☐ ....

☐ ....

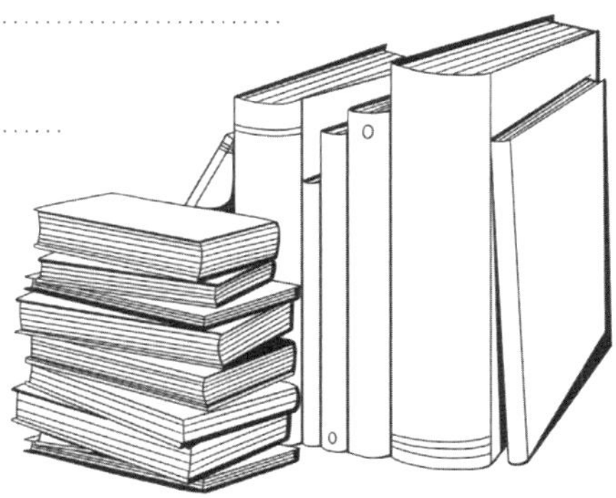

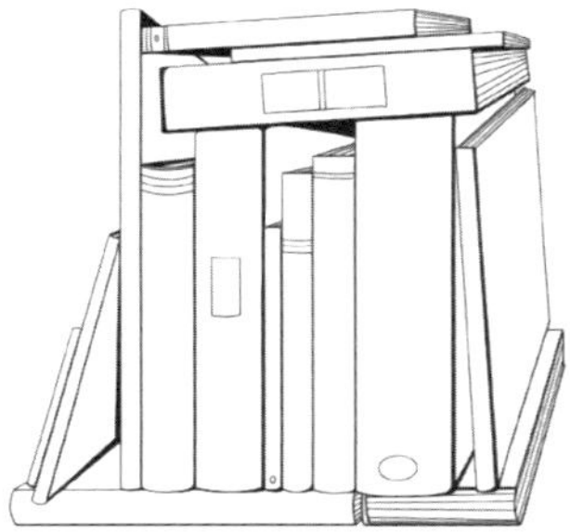

MES LIVRES **prêtés**

Titre : ....

....

....

....

Prêté à : ....

....

Le .... / .... / .....

Titre : ....

....

....

....

Prêté à : ....

....

Le .... / .... / .....

Titre : ....

....

....

....

Prêté à : ....

....

Le .... / .... / .....

Titre : ....

....

....

....

Prêté à : ....

....

Le .... / .... / .....

Titre : ....

....

....

....

Prêté à : ....

....

Le .... / .... / .....

Titre : ....

....

....

....

Prêté à : ....

....

Le .... / .... / .....

Titre : ....

....

....

....

Prêté à : ....

....

Le ...... / ...... / ......

Titre : ....

....

....

....

Prêté à : ....

....

Le ...... / ...... / ......

Titre : ....

....

....

....

Prêté à : ....

....

Le ...... / ...... / ......

Titre : ....

....

....

....

Prêté à : ....

....

Le ...... / ...... / ......

Titre : ....

....

....

....

Prêté à : ....

....

Le ...... / ...... / ......

Titre : ....

....

....

....

Prêté à : ....

....

Le ...... / ...... / ......

Titre : ....

....

....

....

Prêté à : ....

....

Le ...... / ...... / ......

Titre : ....

....

....

....

Prêté à : ....

....

Le ...... / ...... / ......

Titre : ....

....

....

....

Prêté à : ....

....

Le ...... / ...... / ......

LES LIVRES empruntés

Titre : ....
....
....
....
Emprunté à : ....
....
Le ...... / ...... / .....

Titre : ....
....
....
....
Emprunté à : ....
....
Le ...... / ...... / .....

Titre : ....
....
....
....
Emprunté à : ....
....
Le ...... / ...... / .....

Titre : ....
....
....
....
Emprunté à : ....
....
Le ...... / ...... / .....

Titre : ....
....
....
....
Emprunté à : ....
....
Le ...... / ...... / .....

Titre : ....
....
....
....
Emprunté à : ....
....
Le ...... / ...... / .....

Titre : ....

....

....

....

Emprunté à : ....

....

Le .... / .... / .....

Titre : ....

....

....

....

Emprunté à : ....

....

Le .... / .... / .....

Titre : ....

....

....

....

Emprunté à : ....

....

Le .... / .... / .....

Titre : ....

....

....

....

Emprunté à : ....

....

Le .... / .... / .....

Titre : ....

....

....

....

Emprunté à : ....

....

Le .... / .... / .....

Titre : ....

....

....

....

Emprunté à : ....

....

Le .... / .... / .....

Titre : ....

....

....

....

Emprunté à : ....

....

Le .... / .... / .....

Titre : ....

....

....

....

Emprunté à : ....

....

Le .... / .... / .....

Titre : ....

....

....

....

Emprunté à : ....

....

Le .... / .... / .....

LIVRES
à offrir

Titre : ....

....

....

....

À : ....

....

....

Titre : ....

....

....

....

À : ....

....

....

Titre : ....

....

....

....

À : ....

....

....

Titre : ....

....

....

....

À : ....

....

....

Titre : ....

....

....

....

À : ....

....

....

Titre : ....

....

....

....

À : ....

....

....

Titre : ....

....

....

....

À : ....

....

....

Titre : ....

....

....

....

À : ....

....

....

Titre : ....

....

....

....

À : ....

....

....

Titre : ....

....

....

....

À : ....

....

....

Titre : ....

....

....

....

À : ....

....

....

Titre : ....

....

....

....

À : ....

....

....

Titre : ....

....

....

....

À : ....

....

....

Titre : ....

....

....

....

À : ....

....

....

Titre : ....

....

....

....

À : ....

....

....

Titre : ....

....

....

....

À : ....

....

....

Titre : ....

....

....

....

À : ....

....

....

Titre : ....

....

....

....

À : ....

....

....

Titre : ....

....

....

....

À : ....

....

....

Titre : ....

....

....

....

À : ....

....

....

Titre : ....

....

....

....

À : ....

....

....

Titre : ....

....

....

....

À : ....

....

....

Titre : ....

....

....

....

À : ....

....

....

Titre : ....

....

....

....

À : ....

....

....

MON **budget** LECTURE

	Livres	Accessoires de lecture	TOTAL
Janvier			
Février			
Mars			
Avril			
Mai			
Juin			
Juillet			
Août			
Septembre			
Octobre			
Novembre			
Décembre			
TOTAL			

DES POLARS DU monde ENTIER

Colorie les pays d'origine des auteurs que tu as lus. Qui sait, cela te donnera peut-être envie de partir à la découverte d'autres horizons littéraires !

MES challenges PERSO

- [ ] Lire tous les romans d'Agatha Christie
- [ ] Lire un maximum de polars d'auteurs de nationalités différentes
- [ ] Découvrir les premiers romans policiers de l'histoire
- [ ] Lire...
- [ ]
- [ ]
- [ ]
- [ ]
- [ ]
- [ ]
- [ ]
- [ ]
- [ ]
- [ ]

Trackers
MENSUELS

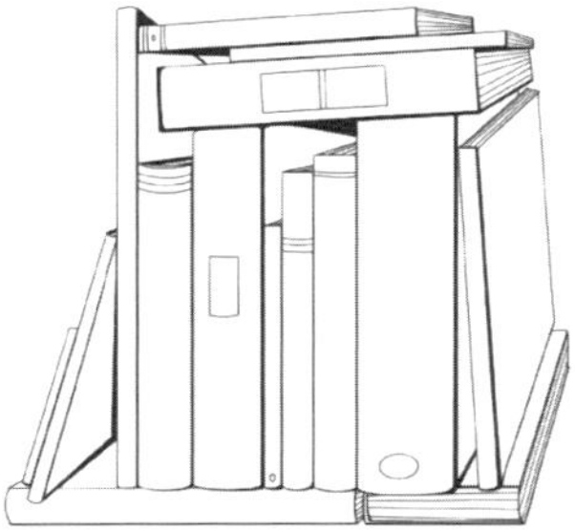

JANVIER

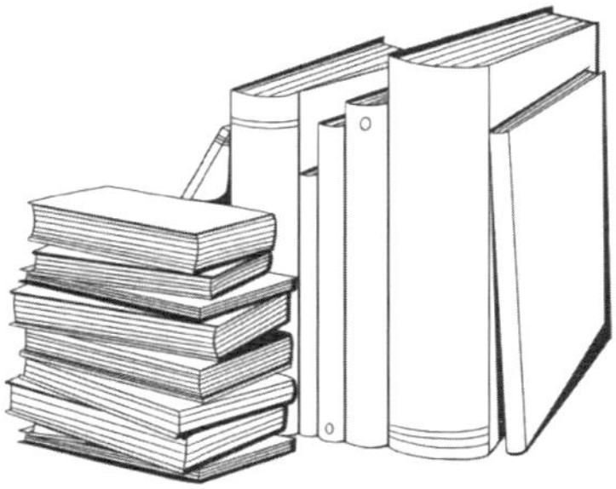

FÉVRIER

MARS

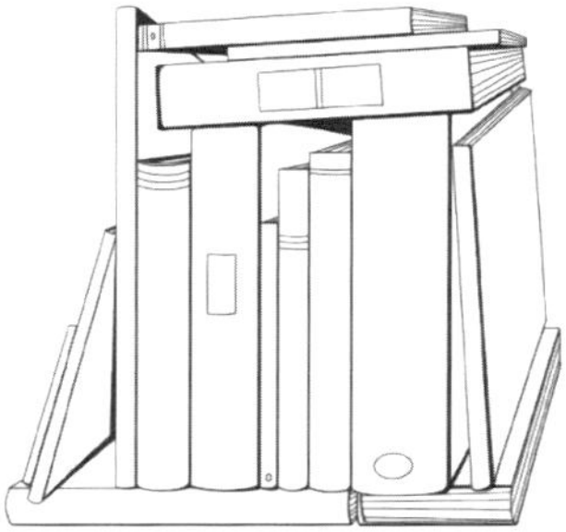

AVRIL

MAI

JUIN

Colorie le nombre de livres lus chaque mois.
N'hésite pas à en dessiner s'il n'y en a pas assez.

JUILLET

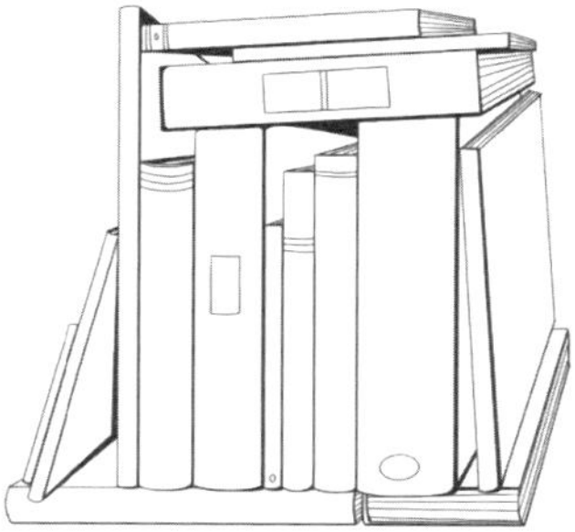

AOÛT

SEPTEMBRE

OCTOBRE

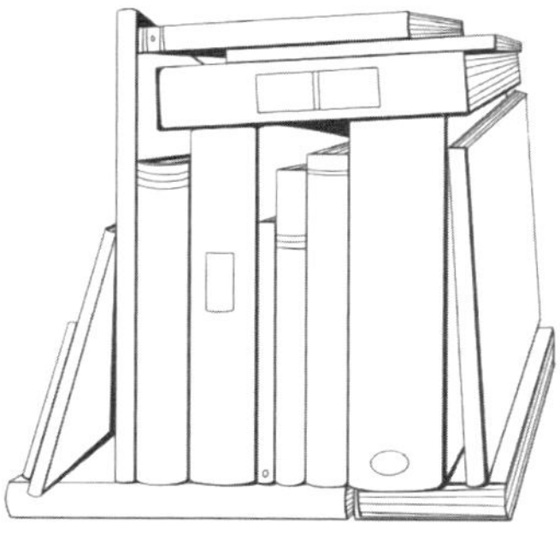

NOVEMBRE

DÉCEMBRE

TRACKERS DE LECTURE
quotidienne

Chaque jour de chaque mois, indique ton temps de lecture.

Pas de lecture | 0 – 30 min | + de 30 min

	J	F	M	A	M	J	J	A	S	O	N	D
1												
2												
3												
4												
5												
6												
7												
8												
9												
10												
11												
12												
13												
14												
15												
16												
17												
18												
19												
20												
21												
22												
23												
24												
25												
26												
27												
28												
29												
30												
31												

NOMBRE DE livres LUS

JANVIER

FÉVRIER

MARS

AVRIL

MAI

JUIN

JUILLET **AOÛT** **SEPTEMBRE**

OCTOBRE **NOVEMBRE** **DÉCEMBRE**

NOMBRE DE pages LUES

Janvier

Février

Mars

Avril

Mai

Juin

Juillet

Août

Septembre

Octobre

Novembre

Décembre

100 200 300 400 500 600 700 800 900 1 000 1 100 1 200 1 300 1 400

**Colorie le nombre de pages lues par mois.
Ce barème est là pour te guider, mais libre à toi d'inventer le tien selon ton rythme de lecture.**

1 400 1 500 1 600 1 700 1 800 1 900 2 000 2 100 2 200 2 300 2 400 2 500 2 600 2 700 2 800 2 900 3 000

MES enquêteurs PRÉFÉRÉS

- [ ] ....
- [ ] ....
- [ ] ....
- [ ] ....
- [ ] ....
- [ ] ....
- [ ] ....
- [ ] ....
- [ ] ....
- [ ] ....
- [ ] ....

LES
meilleurs
RETOURNEMENTS

- [ ] ....
- [ ] ....
- [ ] ....
- [ ] ....
- [ ] ....
- [ ] ....
- [ ] ....
- [ ] ....
- [ ] ....
- [ ] ....
- [ ] ....
- [ ] ....
- [ ] ....
- [ ] ....

MES séries DE LIVRES

Nom de la série	Nombre de livres lus

Nom de la série	Nombre de livres lus

MES COUPS DE cœur

JANVIER

FÉVRIER

MARS

AVRIL

MAI

JUIN

JUILLET
AOÛT
SEPTEMBRE

OCTOBRE

NOVEMBRE

DÉCEMBRE

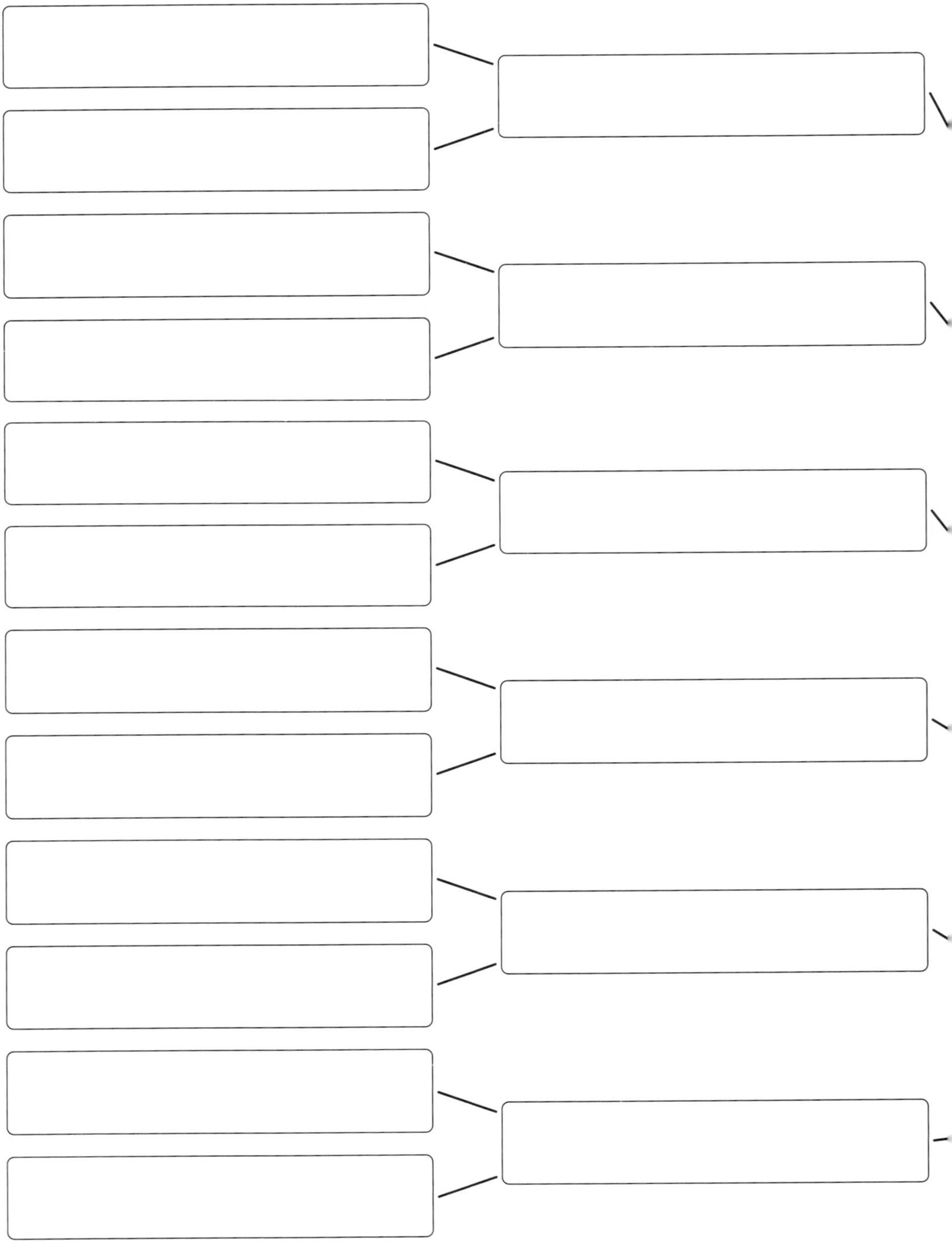

MON
livre
DE L'ANNÉE

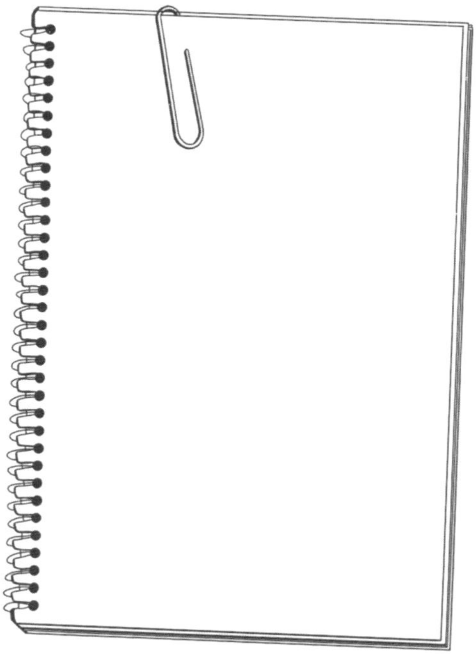

Salons
DU LIVRE

Salon : ....

....

....

Date : ....

Mes achats : ....

....

....

....

....

....

....

Mes dédicaces : ....

....

....

....

....

....

....

Salon : ....

....

....

Date : ....

Mes achats : ....

....

....

....

....

....

....

Mes dédicaces : ....

....

....

....

....

....

....

Salon : ....

Date : ....

Mes achats : ....

Mes dédicaces : ....

Salon : ....

Date : ....

Mes achats : ....

Mes dédicaces : ....

J'AI lu

Titre :

Auteur·rice :

Lieu d'achat :

Nombre de pages :

Genre :

Mots-clés :

Commencé le :

Terminé le :

Avis :

Le ou la coupable :

Note :

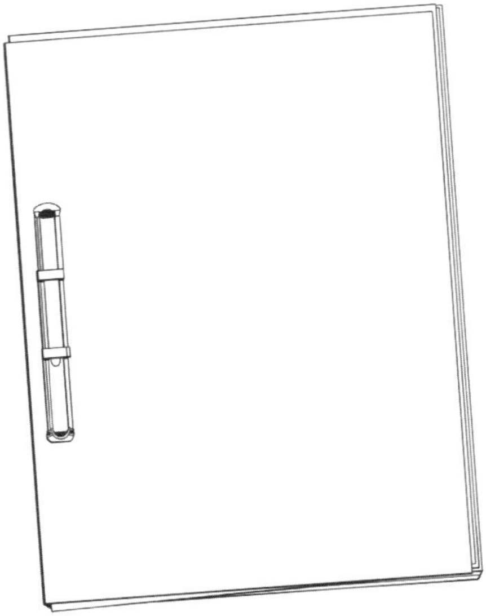

Titre :

Auteur·rice :

Lieu d'achat :

Nombre de pages :

Genre :

Mots-clés :

Commencé le :

Terminé le :

Avis :

Le ou la coupable :

Note : ☆ ☆ ☆ ☆ ☆

Titre :

Auteur·rice :

Lieu d'achat :

Nombre de pages :

Genre :

Mots-clés :

Commencé le :

Terminé le :

Avis :

Le ou la coupable :

Note :

Titre :

Auteur·rice :

Lieu d'achat :

Nombre de pages :

Genre :

Mots-clés :

Commencé le :

Terminé le :

Avis :

Le ou la coupable :

Note : ☆ ☆ ☆ ☆ ☆

Titre :

Auteur·rice :

Lieu d'achat :

Nombre de pages :

Genre :

Mots-clés :

Commencé le :

Terminé le :

Avis :

Le ou la coupable :

Note : ☆ ☆ ☆ ☆ ☆

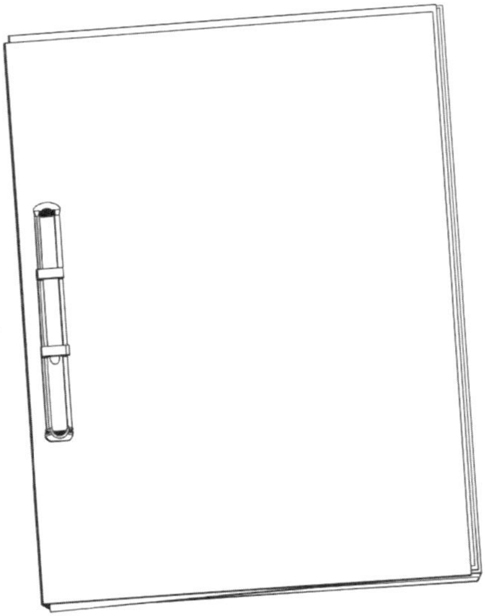

Titre :

Auteur·rice :

Lieu d'achat :

Nombre de pages :

Genre :

Mots-clés :

Commencé le :

Terminé le :

Avis :

Le ou la coupable :

Note :

Titre : ……………………………………………

……………………………………………

Auteur·rice : ……………………………………………

……………………………………………

Lieu d'achat : ……………………………………………

……………………………………………

Nombre de pages : ……………………………………………

Genre : ……………………………………………

Mots-clés : ……………………………………………

……………………………………………

Commencé le : ……………………………………………

Terminé le : ……………………………………………

Avis : ……………………………………………

……………………………………………

……………………………………………

……………………………………………

……………………………………………

……………………………………………

……………………………………………

……………………………………………

Le ou la coupable : ……………………………………………

……………………………………………

……………………………………………

……………………………………………

Note : ☆ ☆ ☆ ☆ ☆

Titre : ....

....

Auteur·rice : ....

....

Lieu d'achat : ....

....

Nombre de pages : ....

Genre : ....

Mots-clés : ....

....

Commencé le : ....

Terminé le : ....

Avis : ....

....

....

....

....

....

....

....

Le ou la coupable : ....

....

....

....

Note : ☆ ☆ ☆ ☆ ☆

Titre :

Auteur·rice :

Lieu d'achat :

Nombre de pages :

Genre :

Mots-clés :

Commencé le :

Terminé le :

Avis :

Le ou la coupable :

Note : ☆ ☆ ☆ ☆ ☆

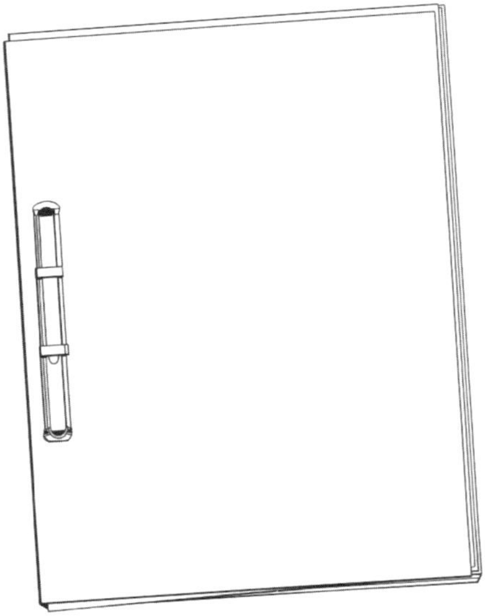

Titre :

Auteur·rice :

Lieu d'achat :

Nombre de pages :

Genre :

Mots-clés :

Commencé le :

Terminé le :

Avis :

Le ou la coupable :

Note : ☆ ☆ ☆ ☆ ☆

Titre :

Auteur·rice :

Lieu d'achat :

Nombre de pages :

Genre :

Mots-clés :

Commencé le :

Terminé le :

Avis :

Le ou la coupable :

Note : ☆ ☆ ☆ ☆ ☆

Titre :

Auteur·rice :

Lieu d'achat :

Nombre de pages :

Genre :

Mots-clés :

Commencé le :

Terminé le :

Avis :

Le ou la coupable :

Note : ☆ ☆ ☆ ☆ ☆

Titre :

Auteur·rice :

Lieu d'achat :

Nombre de pages :

Genre :

Mots-clés :

Commencé le :

Terminé le :

Avis :

Le ou la coupable :

Note : ☆ ☆ ☆ ☆ ☆

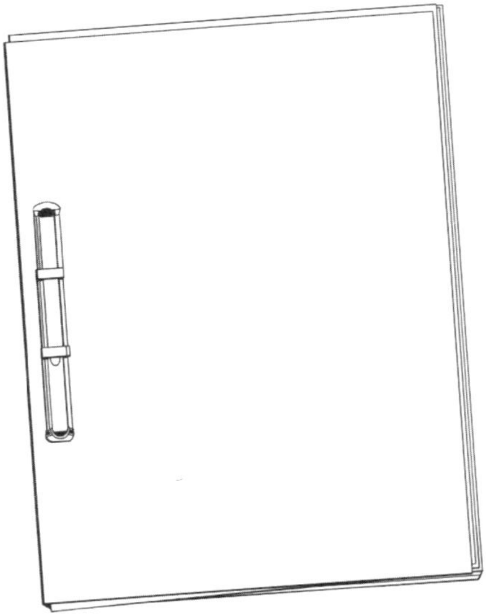

Titre : ……………………………………………

……………………………………………

Auteur·rice : ……………………………………………

……………………………………………

Lieu d'achat : ……………………………………………

……………………………………………

Nombre de pages : ……………………………………………

Genre : ……………………………………………

Mots-clés : ……………………………………………

……………………………………………

Commencé le : ……………………………………………

Terminé le : ……………………………………………

Avis : ……………………………………………

……………………………………………

……………………………………………

……………………………………………

……………………………………………

……………………………………………

……………………………………………

……………………………………………

Le ou la coupable : ……………………………………………

……………………………………………

……………………………………………

……………………………………………

Note : ☆ ☆ ☆ ☆ ☆

Titre :

Auteur·rice :

Lieu d'achat :

Nombre de pages :

Genre :

Mots-clés :

Commencé le :

Terminé le :

Avis :

Le ou la coupable :

Note : ☆ ☆ ☆ ☆ ☆

Titre : ....

....

Auteur·rice : ....

....

Lieu d'achat : ....

....

Nombre de pages : ....

Genre : ....

Mots-clés : ....

....

Commencé le : ....

Terminé le : ....

Avis : ....

....

....

....

....

....

....

....

Le ou la coupable : ....

....

....

....

Note : ☆ ☆ ☆ ☆ ☆

Titre :

Auteur·rice :

Lieu d'achat :

Nombre de pages :

Genre :

Mots-clés :

Commencé le :

Terminé le :

Avis :

Le ou la coupable :

Note : ☆ ☆ ☆ ☆ ☆

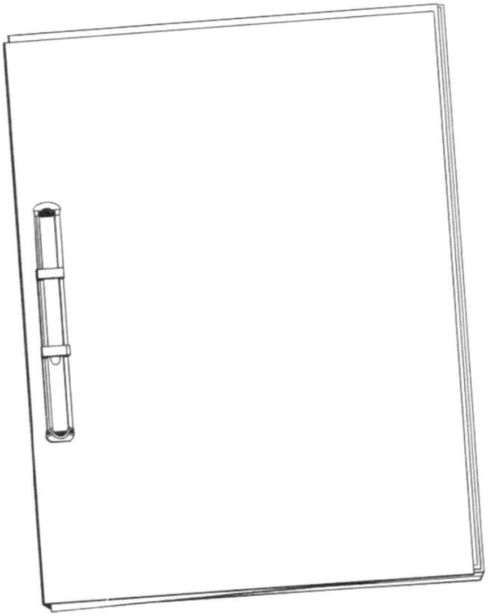

Titre :

Auteur·rice :

Lieu d'achat :

Nombre de pages :

Genre :

Mots-clés :

Commencé le :

Terminé le :

Avis :

Le ou la coupable :

Note : ☆ ☆ ☆ ☆ ☆

Titre :

Auteur·rice :

Lieu d'achat :

Nombre de pages :

Genre :

Mots-clés :

Commencé le :

Terminé le :

Avis :

Le ou la coupable :

Note :

Titre :

Auteur·rice :

Lieu d'achat :

Nombre de pages :

Genre :

Mots-clés :

Commencé le :

Terminé le :

Avis :

Le ou la coupable :

Note :

Titre :

Auteur·rice :

Lieu d'achat :

Nombre de pages :

Genre :

Mots-clés :

Commencé le :

Terminé le :

Avis :

Le ou la coupable :

Note : ☆ ☆ ☆ ☆ ☆

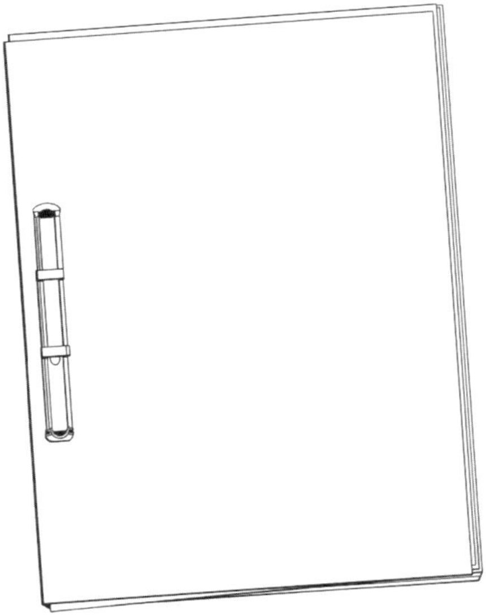

Titre :

Auteur·rice :

Lieu d'achat :

Nombre de pages :

Genre :

Mots-clés :

Commencé le :

Terminé le :

Avis :

Le ou la coupable :

Note : ☆ ☆ ☆ ☆ ☆

Titre : ……………………………………………

……………………………………………

Auteur·rice : ……………………………………………

……………………………………………

Lieu d'achat : ……………………………………………

……………………………………………

Nombre de pages : ……………………………………………

Genre : ……………………………………………

Mots-clés : ……………………………………………

……………………………………………

Commencé le : ……………………………………………

Terminé le : ……………………………………………

Avis : ……………………………………………

……………………………………………

……………………………………………

……………………………………………

……………………………………………

……………………………………………

……………………………………………

……………………………………………

Le ou la coupable : ……………………………………………

……………………………………………

……………………………………………

……………………………………………

Note : ☆ ☆ ☆ ☆ ☆

Titre : ……………………………………

……………………………………

Auteur·rice : ……………………………………

……………………………………

Lieu d'achat : ……………………………………

……………………………………

Nombre de pages : ……………………………………

Genre : ……………………………………

Mots-clés : ……………………………………

……………………………………

Commencé le : ……………………………………

Terminé le : ……………………………………

Avis : ……………………………………

……………………………………

……………………………………

……………………………………

……………………………………

……………………………………

……………………………………

……………………………………

Le ou la coupable : ……………………………………

……………………………………

……………………………………

……………………………………

Note : ☆ ☆ ☆ ☆ ☆

Titre :

Auteur·rice :

Lieu d'achat :

Nombre de pages :

Genre :

Mots-clés :

Commencé le :

Terminé le :

Avis :

Le ou la coupable :

Note : ☆ ☆ ☆ ☆ ☆

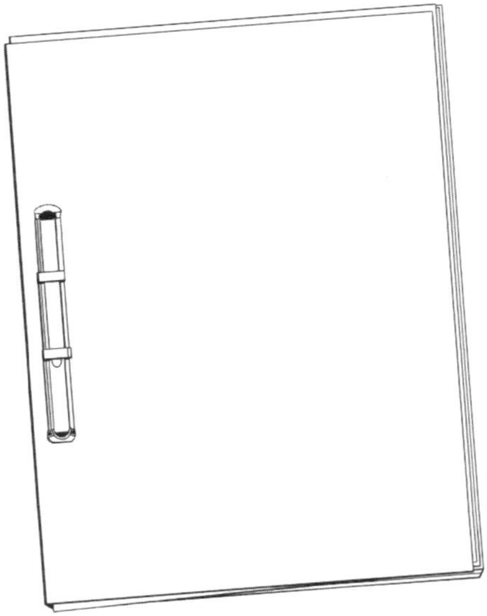

Titre :

Auteur·rice :

Lieu d'achat :

Nombre de pages :

Genre :

Mots-clés :

Commencé le :

Terminé le :

Avis :

Le ou la coupable :

Note : ☆ ☆ ☆ ☆ ☆

Titre : ....

....

Auteur·rice : ....

....

Lieu d'achat : ....

....

Nombre de pages : ....

Genre : ....

Mots-clés : ....

....

Commencé le : ....

Terminé le : ....

Avis : ....

....

....

....

....

....

....

....

Le ou la coupable : ....

....

....

....

Note : ☆ ☆ ☆ ☆ ☆

Titre : ……………………………………………

……………………………………………

Auteur·rice : ……………………………………………

……………………………………………

Lieu d'achat : ……………………………………………

……………………………………………

Nombre de pages : ……………………………………………

Genre : ……………………………………………

Mots-clés : ……………………………………………

……………………………………………

Commencé le : ……………………………………………

Terminé le : ……………………………………………

Avis : ……………………………………………

……………………………………………

……………………………………………

……………………………………………

……………………………………………

……………………………………………

……………………………………………

……………………………………………

Le ou la coupable : ……………………………………………

……………………………………………

……………………………………………

……………………………………………

Note : ☆ ☆ ☆ ☆ ☆

Titre : ……………………………………………

……………………………………………

Auteur·rice : ……………………………………………

……………………………………………

Lieu d'achat : ……………………………………………

……………………………………………

Nombre de pages : ……………………………………………

Genre : ……………………………………………

Mots-clés : ……………………………………………

……………………………………………

Commencé le : ……………………………………………

Terminé le : ……………………………………………

Avis : ……………………………………………

……………………………………………

……………………………………………

……………………………………………

……………………………………………

……………………………………………

……………………………………………

……………………………………………

Le ou la coupable : ……………………………………………

……………………………………………

……………………………………………

……………………………………………

Note : ☆ ☆ ☆ ☆ ☆

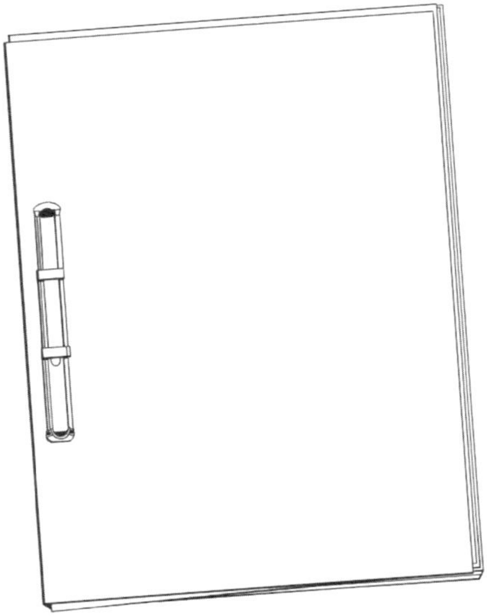

Titre :

Auteur·rice :

Lieu d'achat :

Nombre de pages :

Genre :

Mots-clés :

Commencé le :

Terminé le :

Avis :

Le ou la coupable :

Note : ☆ ☆ ☆ ☆ ☆

Titre :

Auteur·rice :

Lieu d'achat :

Nombre de pages :

Genre :

Mots-clés :

Commencé le :

Terminé le :

Avis :

Le ou la coupable :

Note : ☆ ☆ ☆ ☆ ☆

Titre : ....

....

Auteur·rice : ....

....

Lieu d'achat : ....

....

Nombre de pages : ....

Genre : ....

Mots-clés : ....

....

Commencé le : ....

Terminé le : ....

Avis : ....

....

....

....

....

....

....

....

Le ou la coupable : ....

....

....

....

Note : ☆ ☆ ☆ ☆ ☆

Titre : ....

....

Auteur·rice : ....

....

Lieu d'achat : ....

....

Nombre de pages : ....

Genre : ....

Mots-clés : ....

....

Commencé le : ....

Terminé le : ....

Avis : ....

....

....

....

....

....

....

....

Le ou la coupable : ....

....

....

....

Note : ☆ ☆ ☆ ☆ ☆

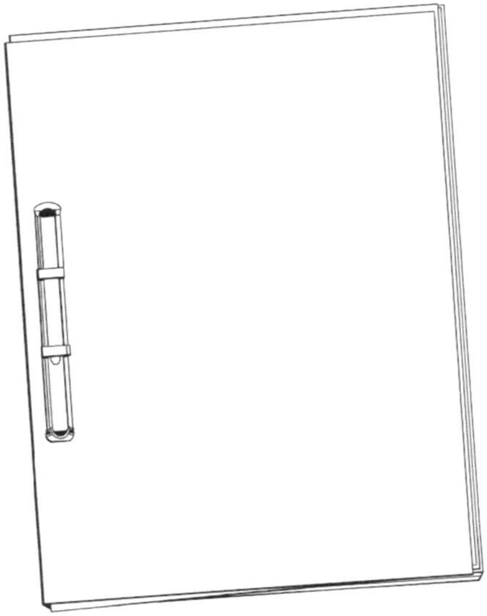

Titre :

Auteur·rice :

Lieu d'achat :

Nombre de pages :

Genre :

Mots-clés :

Commencé le :

Terminé le :

Avis :

Le ou la coupable :

Note : ☆ ☆ ☆ ☆ ☆

Titre : ……………………………………

……………………………………

Auteur·rice : ……………………………………

……………………………………

Lieu d'achat : ……………………………………

……………………………………

Nombre de pages : ……………………………………

Genre : ……………………………………

Mots-clés : ……………………………………

……………………………………

Commencé le : ……………………………………

Terminé le : ……………………………………

Avis : ……………………………………

……………………………………

……………………………………

……………………………………

……………………………………

……………………………………

……………………………………

……………………………………

Le ou la coupable : ……………………………………

……………………………………

……………………………………

……………………………………

Note : ☆ ☆ ☆ ☆ ☆

Titre : ....

....

Auteur·rice : ....

....

Lieu d'achat : ....

....

Nombre de pages : ....

Genre : ....

Mots-clés : ....

....

Commencé le : ....

Terminé le : ....

Avis : ....

....

....

....

....

....

....

....

Le ou la coupable : ....

....

....

....

Note : ☆ ☆ ☆ ☆ ☆

Titre :

Auteur·rice :

Lieu d'achat :

Nombre de pages :

Genre :

Mots-clés :

Commencé le :

Terminé le :

Avis :

Le ou la coupable :

Note : ☆ ☆ ☆ ☆ ☆

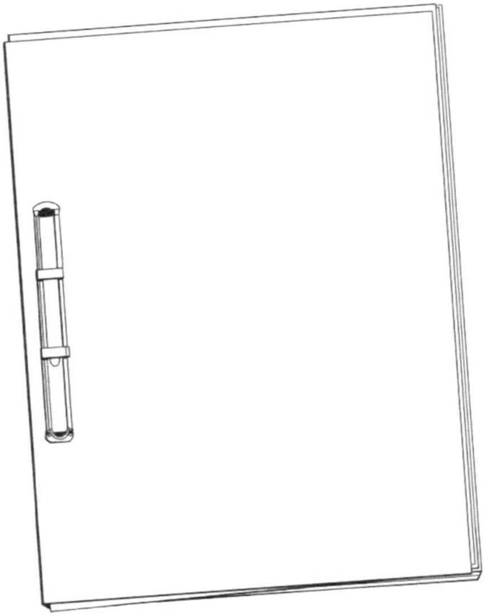

Titre : ……………………………………………

……………………………………………

Auteur·rice : ……………………………………………

……………………………………………

Lieu d'achat : ……………………………………………

……………………………………………

Nombre de pages : ……………………………………………

Genre : ……………………………………………

Mots-clés : ……………………………………………

……………………………………………

Commencé le : ……………………………………………

Terminé le : ……………………………………………

Avis : ……………………………………………

……………………………………………

……………………………………………

……………………………………………

……………………………………………

……………………………………………

……………………………………………

……………………………………………

Le ou la coupable : ……………………………………………

……………………………………………

……………………………………………

……………………………………………

Note : ☆ ☆ ☆ ☆ ☆

Titre :

Auteur·rice :

Lieu d'achat :

Nombre de pages :

Genre :

Mots-clés :

Commencé le :

Terminé le :

Avis :

Le ou la coupable :

Note : ☆ ☆ ☆ ☆ ☆

Titre : ....

....

Auteur·rice : ....

....

Lieu d'achat : ....

....

Nombre de pages : ....

Genre : ....

Mots-clés : ....

....

Commencé le : ....

Terminé le : ....

Avis : ....

....

....

....

....

....

....

....

Le ou la coupable : ....

....

....

....

Note : ☆ ☆ ☆ ☆ ☆

Titre : ....

....

Auteur·rice : ....

....

Lieu d'achat : ....

....

Nombre de pages : ....

Genre : ....

Mots-clés : ....

....

Commencé le : ....

Terminé le : ....

Avis : ....

....

....

....

....

....

....

....

Le ou la coupable : ....

....

....

....

Note : ☆ ☆ ☆ ☆ ☆

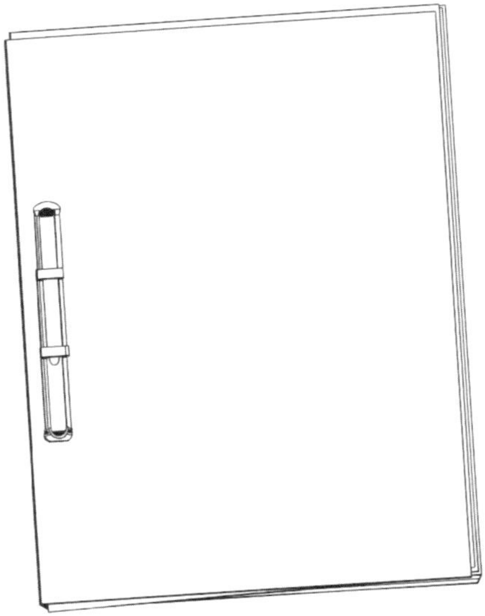

Titre :

Auteur·rice :

Lieu d'achat :

Nombre de pages :

Genre :

Mots-clés :

Commencé le :

Terminé le :

Avis :

Le ou la coupable :

Note :

Titre :

Auteur·rice :

Lieu d'achat :

Nombre de pages :

Genre :

Mots-clés :

Commencé le :

Terminé le :

Avis :

Le ou la coupable :

Note : ☆ ☆ ☆ ☆ ☆

Titre : ……………………………………………

……………………………………………

Auteur·rice : ……………………………………………

……………………………………………

Lieu d'achat : ……………………………………………

……………………………………………

Nombre de pages : ……………………………………………

Genre : ……………………………………………

Mots-clés : ……………………………………………

……………………………………………

Commencé le : ……………………………………………

Terminé le : ……………………………………………

Avis : ……………………………………………

……………………………………………

……………………………………………

……………………………………………

……………………………………………

……………………………………………

……………………………………………

……………………………………………

Le ou la coupable : ……………………………………………

……………………………………………

……………………………………………

……………………………………………

Note : ☆ ☆ ☆ ☆ ☆

Titre :

Auteur·rice :

Lieu d'achat :

Nombre de pages :

Genre :

Mots-clés :

Commencé le :

Terminé le :

Avis :

Le ou la coupable :

Note : ☆ ☆ ☆ ☆ ☆

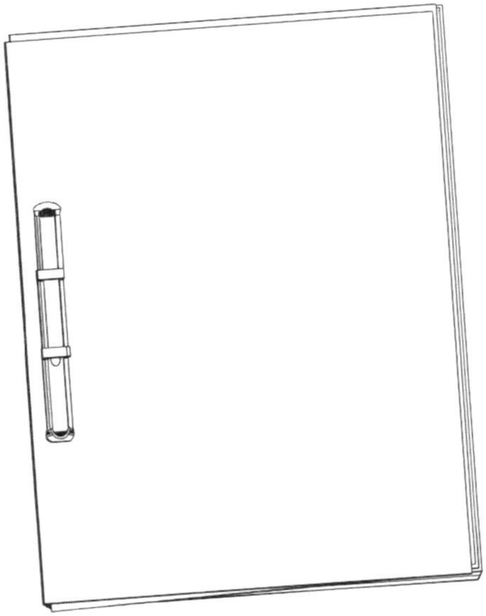

Titre :

Auteur·rice :

Lieu d'achat :

Nombre de pages :

Genre :

Mots-clés :

Commencé le :

Terminé le :

Avis :

Le ou la coupable :

Note : ☆ ☆ ☆ ☆ ☆

Titre :

Auteur·rice :

Lieu d'achat :

Nombre de pages :

Genre :

Mots-clés :

Commencé le :

Terminé le :

Avis :

Le ou la coupable :

Note : ☆ ☆ ☆ ☆ ☆

Titre :

Auteur·rice :

Lieu d'achat :

Nombre de pages :

Genre :

Mots-clés :

Commencé le :

Terminé le :

Avis :

Le ou la coupable :

Note : ☆ ☆ ☆ ☆ ☆

Titre :

Auteur·rice :

Lieu d'achat :

Nombre de pages :

Genre :

Mots-clés :

Commencé le :

Terminé le :

Avis :

Le ou la coupable :

Note : ☆ ☆ ☆ ☆ ☆

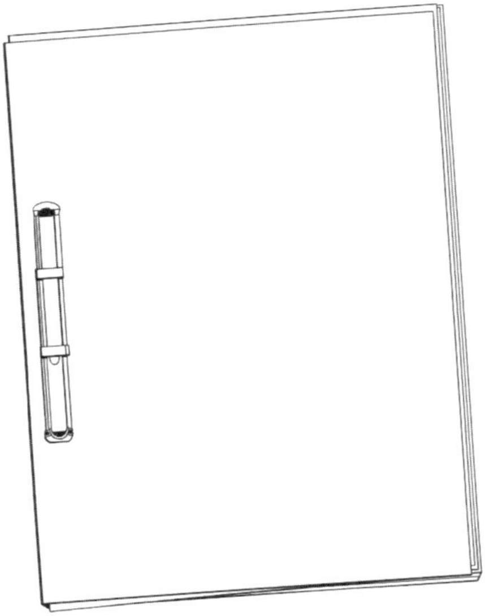

Titre : ....

....

Auteur·rice : ....

....

Lieu d'achat : ....

....

Nombre de pages : ....

Genre : ....

Mots-clés : ....

....

Commencé le : ....

Terminé le : ....

Avis : ....

....

....

....

....

....

....

....

Le ou la coupable : ....

....

....

....

Note : ☆ ☆ ☆ ☆ ☆

Titre :

Auteur·rice :

Lieu d'achat :

Nombre de pages :

Genre :

Mots-clés :

Commencé le :

Terminé le :

Avis :

Le ou la coupable :

Note : ☆ ☆ ☆ ☆ ☆

Titre :

Auteur·rice :

Lieu d'achat :

Nombre de pages :

Genre :

Mots-clés :

Commencé le :

Terminé le :

Avis :

Le ou la coupable :

Note : ☆ ☆ ☆ ☆ ☆

Titre : ……………………………………………………

……………………………………………………………

Auteur·rice : ……………………………………………

……………………………………………………………

Lieu d'achat : …………………………………………

……………………………………………………………

Nombre de pages : ………………………………………

Genre : …………………………………………………

Mots-clés : ……………………………………………

……………………………………………………………

Commencé le : …………………………………………

Terminé le : ……………………………………………

Avis : …………………………………………………

……………………………………………………………

……………………………………………………………

……………………………………………………………

……………………………………………………………

……………………………………………………………

……………………………………………………………

……………………………………………………………

Le ou la coupable : ……………………………………

……………………………………………………………

……………………………………………………………

……………………………………………………………

Note : ☆ ☆ ☆ ☆ ☆

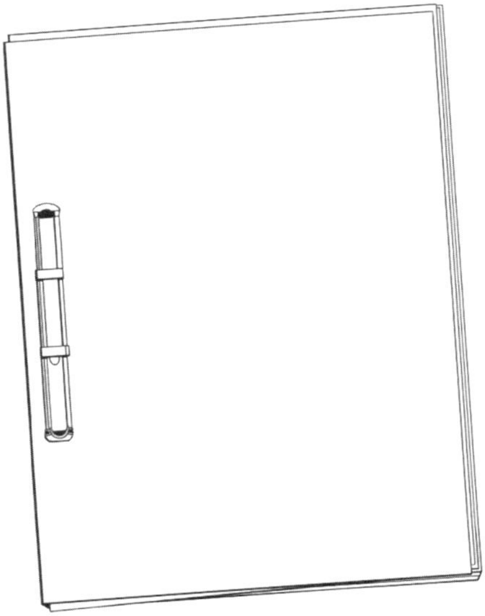

Titre :

Auteur·rice :

Lieu d'achat :

Nombre de pages :

Genre :

Mots-clés :

Commencé le :

Terminé le :

Avis :

Le ou la coupable :

Note : ☆ ☆ ☆ ☆ ☆

Titre :

Auteur·rice :

Lieu d'achat :

Nombre de pages :

Genre :

Mots-clés :

Commencé le :

Terminé le :

Avis :

Le ou la coupable :

Note : ☆ ☆ ☆ ☆ ☆

Titre : ....

....

Auteur·rice : ....

....

Lieu d'achat : ....

....

Nombre de pages : ....

Genre : ....

Mots-clés : ....

....

Commencé le : ....

Terminé le : ....

Avis : ....

....

....

....

....

....

....

....

Le ou la coupable : ....

....

....

....

Note : ☆ ☆ ☆ ☆ ☆

Titre :

Auteur·rice :

Lieu d'achat :

Nombre de pages :

Genre :

Mots-clés :

Commencé le :

Terminé le :

Avis :

Le ou la coupable :

Note : ☆ ☆ ☆ ☆ ☆

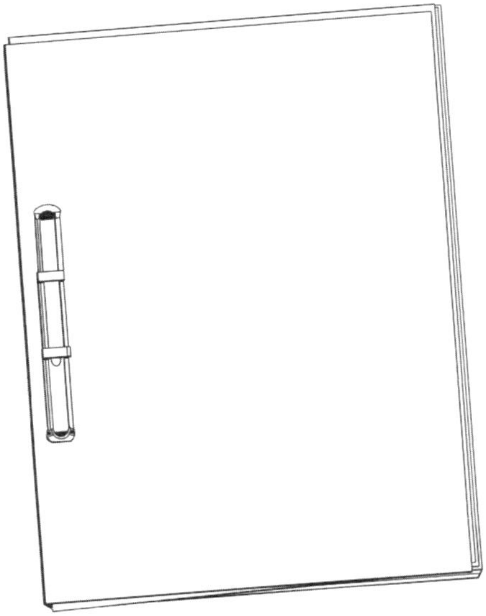

Titre : ....

....

Auteur·rice : ....

....

Lieu d'achat : ....

....

Nombre de pages : ....

Genre : ....

Mots-clés : ....

....

Commencé le : ....

Terminé le : ....

Avis : ....

....

....

....

....

....

....

....

Le ou la coupable : ....

....

....

....

Note : ☆ ☆ ☆ ☆ ☆

Titre : ....

Auteur·rice : ....

Lieu d'achat : ....

Nombre de pages : ....

Genre : ....

Mots-clés : ....

Commencé le : ....

Terminé le : ....

Avis : ....

Le ou la coupable : ....

Note : ☆ ☆ ☆ ☆ ☆

Titre :

Auteur·rice :

Lieu d'achat :

Nombre de pages :

Genre :

Mots-clés :

Commencé le :

Terminé le :

Avis :

Le ou la coupable :

Note : ☆ ☆ ☆ ☆ ☆

Titre :

Auteur·rice :

Lieu d'achat :

Nombre de pages :

Genre :

Mots-clés :

Commencé le :

Terminé le :

Avis :

Le ou la coupable :

Note :

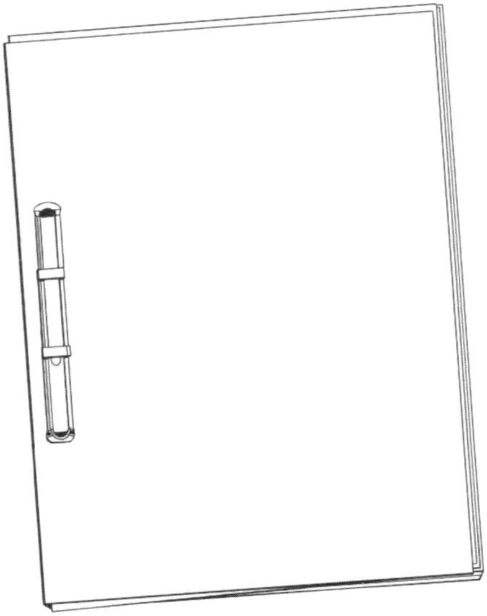

Titre :

Auteur·rice :

Lieu d'achat :

Nombre de pages :

Genre :

Mots-clés :

Commencé le :

Terminé le :

Avis :

Le ou la coupable :

Note : ☆ ☆ ☆ ☆ ☆

Titre : ....

....

Auteur·rice : ....

....

Lieu d'achat : ....

....

Nombre de pages : ....

Genre : ....

Mots-clés : ....

....

Commencé le : ....

Terminé le : ....

Avis : ....

....

....

....

....

....

....

....

Le ou la coupable : ....

....

....

....

Note : ☆ ☆ ☆ ☆ ☆

Titre : ……………………………………………………

……………………………………………………

Auteur·rice : ……………………………………………………

……………………………………………………

Lieu d'achat : ……………………………………………………

……………………………………………………

Nombre de pages : ……………………………………………………

Genre : ……………………………………………………

Mots-clés : ……………………………………………………

……………………………………………………

Commencé le : ……………………………………………………

Terminé le : ……………………………………………………

Avis : ……………………………………………………

……………………………………………………

……………………………………………………

……………………………………………………

……………………………………………………

……………………………………………………

……………………………………………………

……………………………………………………

Le ou la coupable : ……………………………………………………

……………………………………………………

……………………………………………………

……………………………………………………

Note : ☆ ☆ ☆ ☆ ☆

Titre :

Auteur·rice :

Lieu d'achat :

Nombre de pages :

Genre :

Mots-clés :

Commencé le :

Terminé le :

Avis :

Le ou la coupable :

Note : ☆ ☆ ☆ ☆ ☆

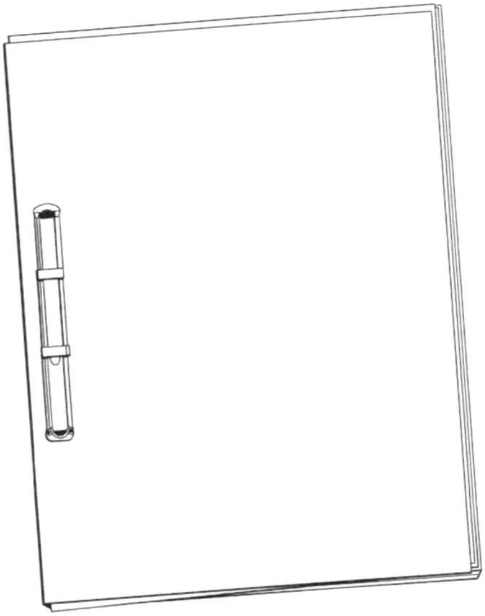

Titre :

Auteur·rice :

Lieu d'achat :

Nombre de pages :

Genre :

Mots-clés :

Commencé le :

Terminé le :

Avis :

Le ou la coupable :

Note : ☆ ☆ ☆ ☆ ☆

Titre :

Auteur·rice :

Lieu d'achat :

Nombre de pages :

Genre :

Mots-clés :

Commencé le :

Terminé le :

Avis :

Le ou la coupable :

Note : ☆ ☆ ☆ ☆ ☆

Titre :

Auteur·rice :

Lieu d'achat :

Nombre de pages :

Genre :

Mots-clés :

Commencé le :

Terminé le :

Avis :

Le ou la coupable :

Note : ☆ ☆ ☆ ☆ ☆

Titre :

Auteur·rice :

Lieu d'achat :

Nombre de pages :

Genre :

Mots-clés :

Commencé le :

Terminé le :

Avis :

Le ou la coupable :

Note :

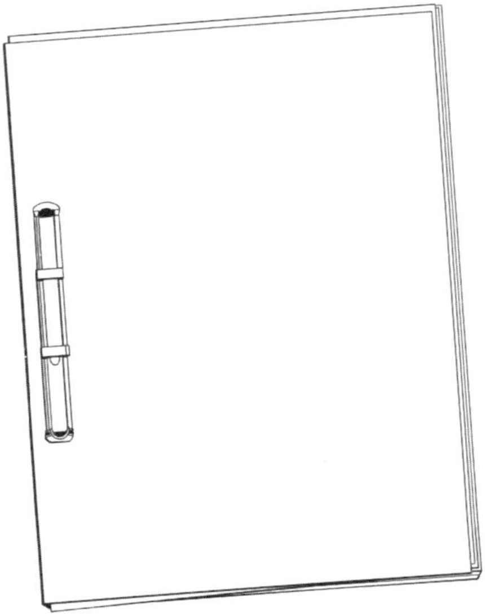

Titre :

Auteur·rice :

Lieu d'achat :

Nombre de pages :

Genre :

Mots-clés :

Commencé le :

Terminé le :

Avis :

Le ou la coupable :

Note :

Titre :

Auteur·rice :

Lieu d'achat :

Nombre de pages :

Genre :

Mots-clés :

Commencé le :

Terminé le :

Avis :

Le ou la coupable :

Note : ☆ ☆ ☆ ☆ ☆

Titre :

Auteur·rice :

Lieu d'achat :

Nombre de pages :

Genre :

Mots-clés :

Commencé le :

Terminé le :

Avis :

Le ou la coupable :

Note : ☆ ☆ ☆ ☆ ☆

Titre : ……………………………………………

……………………………………………

Auteur·rice : ……………………………………………

……………………………………………

Lieu d'achat : ……………………………………………

……………………………………………

Nombre de pages : ……………………………………………

Genre : ……………………………………………

Mots-clés : ……………………………………………

……………………………………………

Commencé le : ……………………………………………

Terminé le : ……………………………………………

Avis : ……………………………………………

……………………………………………

……………………………………………

……………………………………………

……………………………………………

……………………………………………

……………………………………………

……………………………………………

Le ou la coupable : ……………………………………………

……………………………………………

……………………………………………

……………………………………………

Note : ☆ ☆ ☆ ☆ ☆

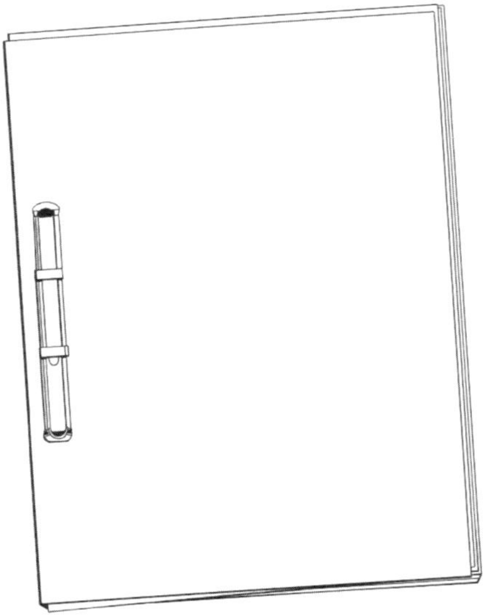

Titre :

Auteur·rice :

Lieu d'achat :

Nombre de pages :

Genre :

Mots-clés :

Commencé le :

Terminé le :

Avis :

Le ou la coupable :

Note : ☆ ☆ ☆ ☆ ☆

Titre :

Auteur·rice :

Lieu d'achat :

Nombre de pages :

Genre :

Mots-clés :

Commencé le :

Terminé le :

Avis :

Le ou la coupable :

Note : ☆ ☆ ☆ ☆ ☆

Titre :

Auteur·rice :

Lieu d'achat :

Nombre de pages :

Genre :

Mots-clés :

Commencé le :

Terminé le :

Avis :

Le ou la coupable :

Note : ☆ ☆ ☆ ☆ ☆

Titre : ……………………………………………

……………………………………………

Auteur·rice : ……………………………………………

……………………………………………

Lieu d'achat : ……………………………………………

……………………………………………

Nombre de pages : ……………………………………………

Genre : ……………………………………………

Mots-clés : ……………………………………………

……………………………………………

Commencé le : ……………………………………………

Terminé le : ……………………………………………

Avis : ……………………………………………

……………………………………………

……………………………………………

……………………………………………

……………………………………………

……………………………………………

……………………………………………

……………………………………………

Le ou la coupable : ……………………………………………

……………………………………………

……………………………………………

……………………………………………

Note : ☆ ☆ ☆ ☆ ☆

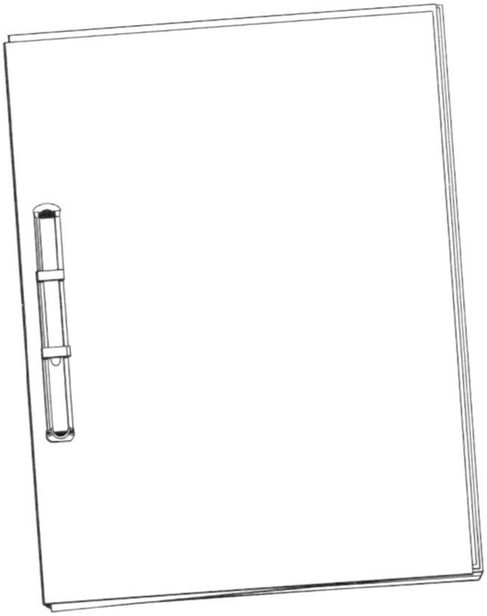

Titre :

Auteur·rice :

Lieu d'achat :

Nombre de pages :

Genre :

Mots-clés :

Commencé le :

Terminé le :

Avis :

Le ou la coupable :

Note : ☆ ☆ ☆ ☆ ☆

Titre :

Auteur·rice :

Lieu d'achat :

Nombre de pages :

Genre :

Mots-clés :

Commencé le :

Terminé le :

Avis :

Le ou la coupable :

Note : ☆ ☆ ☆ ☆ ☆

Titre :

Auteur·rice :

Lieu d'achat :

Nombre de pages :

Genre :

Mots-clés :

Commencé le :

Terminé le :

Avis :

Le ou la coupable :

Note : ☆ ☆ ☆ ☆ ☆

Titre : ……………………………………

……………………………………

Auteur·rice : ……………………………………

……………………………………

Lieu d'achat : ……………………………………

……………………………………

Nombre de pages : ……………………………………

Genre : ……………………………………

Mots-clés : ……………………………………

……………………………………

Commencé le : ……………………………………

Terminé le : ……………………………………

Avis : ……………………………………

……………………………………

……………………………………

……………………………………

……………………………………

……………………………………

……………………………………

……………………………………

Le ou la coupable : ……………………………………

……………………………………

……………………………………

……………………………………

Note : ☆ ☆ ☆ ☆ ☆

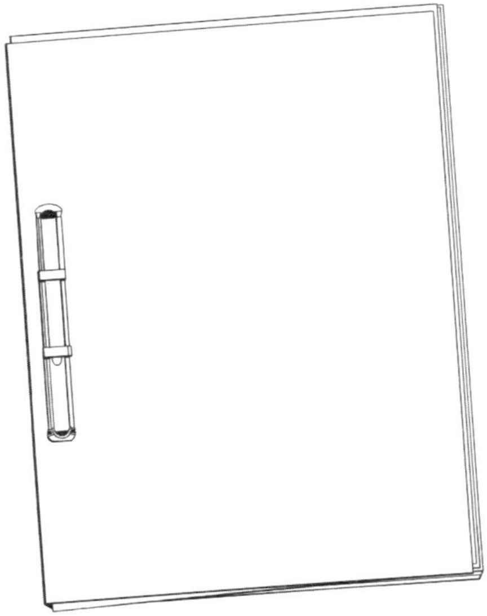

Titre :

Auteur·rice :

Lieu d'achat :

Nombre de pages :

Genre :

Mots-clés :

Commencé le :

Terminé le :

Avis :

Le ou la coupable :

Note : ☆ ☆ ☆ ☆ ☆

Titre :

Auteur·rice :

Lieu d'achat :

Nombre de pages :

Genre :

Mots-clés :

Commencé le :

Terminé le :

Avis :

Le ou la coupable :

Note : ☆ ☆ ☆ ☆ ☆

Titre :

Auteur·rice :

Lieu d'achat :

Nombre de pages :

Genre :

Mots-clés :

Commencé le :

Terminé le :

Avis :

Le ou la coupable :

Note : ☆ ☆ ☆ ☆ ☆

Titre :

Auteur·rice :

Lieu d'achat :

Nombre de pages :

Genre :

Mots-clés :

Commencé le :

Terminé le :

Avis :

Le ou la coupable :

Note :

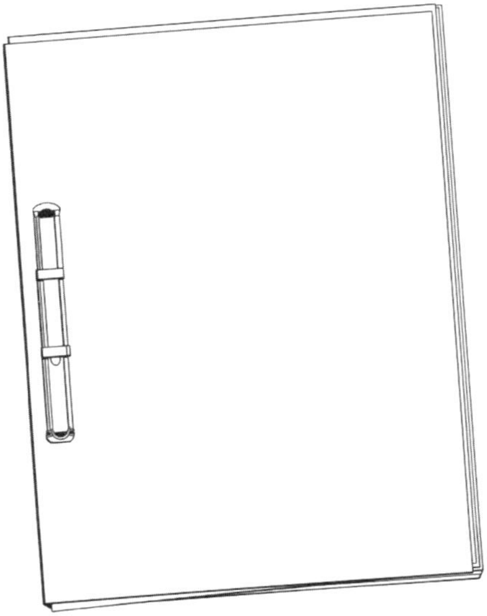

Titre : ....

....

Auteur·rice : ....

....

Lieu d'achat : ....

....

Nombre de pages : ....

Genre : ....

Mots-clés : ....

....

Commencé le : ....

Terminé le : ....

Avis : ....

....

....

....

....

....

....

....

Le ou la coupable : ....

....

....

....

Note : ☆ ☆ ☆ ☆ ☆

Titre :

Auteur·rice :

Lieu d'achat :

Nombre de pages :

Genre :

Mots-clés :

Commencé le :

Terminé le :

Avis :

Le ou la coupable :

Note : ☆ ☆ ☆ ☆ ☆

Titre : ....

....

Auteur·rice : ....

....

Lieu d'achat : ....

....

Nombre de pages : ....

Genre : ....

Mots-clés : ....

....

Commencé le : ....

Terminé le : ....

Avis : ....

....

....

....

....

....

....

....

Le ou la coupable : ....

....

....

....

Note :

Titre : …………………………………………

…………………………………………

Auteur·rice : …………………………………………

…………………………………………

Lieu d'achat : …………………………………………

…………………………………………

Nombre de pages : …………………………………………

Genre : …………………………………………

Mots-clés : …………………………………………

…………………………………………

Commencé le : …………………………………………

Terminé le : …………………………………………

Avis : …………………………………………

…………………………………………

…………………………………………

…………………………………………

…………………………………………

…………………………………………

…………………………………………

…………………………………………

Le ou la coupable : …………………………………………

…………………………………………

…………………………………………

…………………………………………

Note : ☆ ☆ ☆ ☆ ☆

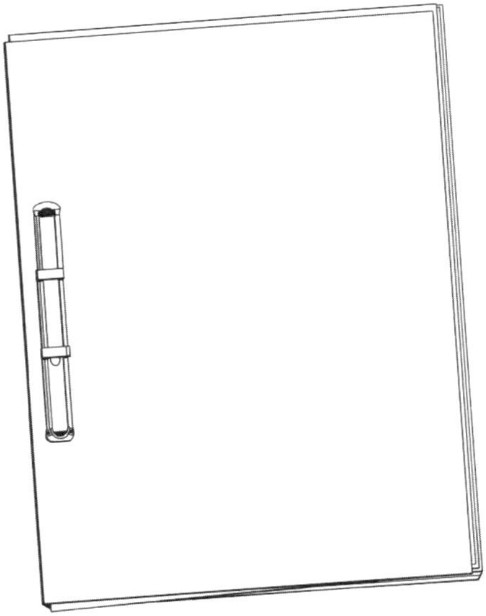

Titre :

Auteur·rice :

Lieu d'achat :

Nombre de pages :

Genre :

Mots-clés :

Commencé le :

Terminé le :

Avis :

Le ou la coupable :

Note :

Titre : ……………………………………………

……………………………………………

Auteur·rice : ……………………………………………

……………………………………………

Lieu d'achat : ……………………………………………

……………………………………………

Nombre de pages : ……………………………………………

Genre : ……………………………………………

Mots-clés : ……………………………………………

……………………………………………

Commencé le : ……………………………………………

Terminé le : ……………………………………………

Avis : ……………………………………………

……………………………………………

……………………………………………

……………………………………………

……………………………………………

……………………………………………

……………………………………………

……………………………………………

Le ou la coupable : ……………………………………………

……………………………………………

……………………………………………

……………………………………………

Note : ☆ ☆ ☆ ☆ ☆

Titre : ....

....

Auteur·rice : ....

....

Lieu d'achat : ....

....

Nombre de pages : ....

Genre : ....

Mots-clés : ....

....

Commencé le : ....

Terminé le : ....

Avis : ....

....

....

....

....

....

....

....

Le ou la coupable : ....

....

....

....

Note : ☆ ☆ ☆ ☆ ☆

Titre :

Auteur·rice :

Lieu d'achat :

Nombre de pages :

Genre :

Mots-clés :

Commencé le :

Terminé le :

Avis :

Le ou la coupable :

Note : ☆ ☆ ☆ ☆ ☆

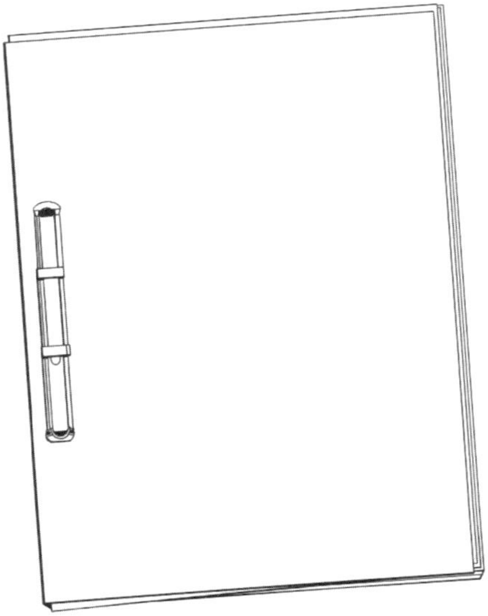

Titre : ....

....

Auteur·rice : ....

....

Lieu d'achat : ....

....

Nombre de pages : ....

Genre : ....

Mots-clés : ....

....

Commencé le : ....

Terminé le : ....

Avis : ....

....

....

....

....

....

....

....

Le ou la coupable : ....

....

....

....

Note : ☆ ☆ ☆ ☆ ☆

Titre :

Auteur·rice :

Lieu d'achat :

Nombre de pages :

Genre :

Mots-clés :

Commencé le :

Terminé le :

Avis :

Le ou la coupable :

Note : ☆ ☆ ☆ ☆ ☆

Titre : ....

....

Auteur·rice : ....

....

Lieu d'achat : ....

....

Nombre de pages : ....

Genre : ....

Mots-clés : ....

....

Commencé le : ....

Terminé le : ....

Avis : ....

....

....

....

....

....

....

....

Le ou la coupable : ....

....

....

....

Note : ☆ ☆ ☆ ☆ ☆

Titre :

Auteur·rice :

Lieu d'achat :

Nombre de pages :

Genre :

Mots-clés :

Commencé le :

Terminé le :

Avis :

Le ou la coupable :

Note :

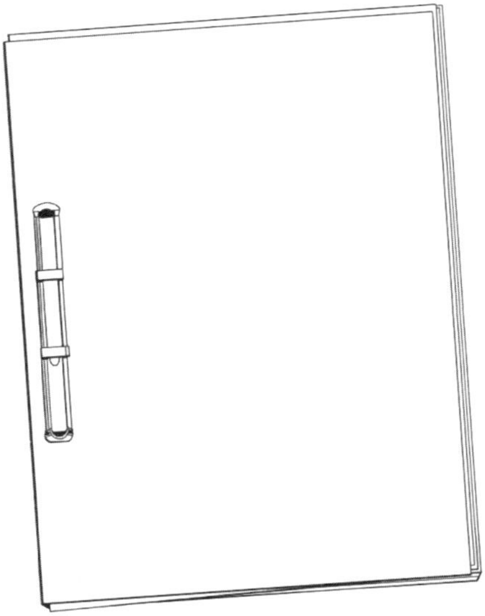

Titre :

Auteur·rice :

Lieu d'achat :

Nombre de pages :

Genre :

Mots-clés :

Commencé le :

Terminé le :

Avis :

Le ou la coupable :

Note : ☆ ☆ ☆ ☆ ☆

Titre : ……………………………………

……………………………………

Auteur·rice : ……………………………………

……………………………………

Lieu d'achat : ……………………………………

……………………………………

Nombre de pages : ……………………………………

Genre : ……………………………………

Mots-clés : ……………………………………

……………………………………

Commencé le : ……………………………………

Terminé le : ……………………………………

Avis : ……………………………………

……………………………………

……………………………………

……………………………………

……………………………………

……………………………………

……………………………………

……………………………………

Le ou la coupable : ……………………………………

……………………………………

……………………………………

……………………………………

Note : ☆ ☆ ☆ ☆ ☆

Titre :

Auteur·rice :

Lieu d'achat :

Nombre de pages :

Genre :

Mots-clés :

Commencé le :

Terminé le :

Avis :

Le ou la coupable :

Note : ☆ ☆ ☆ ☆ ☆

Titre : ....

....

Auteur·rice : ....

....

Lieu d'achat : ....

....

Nombre de pages : ....

Genre : ....

Mots-clés : ....

....

Commencé le : ....

Terminé le : ....

Avis : ....

....

....

....

....

....

....

....

Le ou la coupable : ....

....

....

....

Note : ☆ ☆ ☆ ☆ ☆

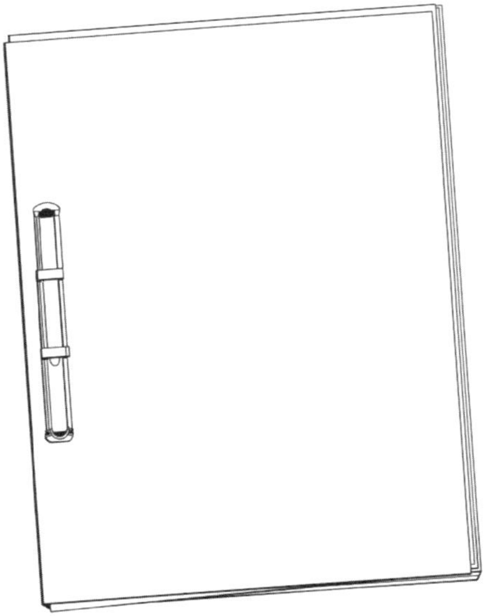

Titre : ....

....

Auteur·rice : ....

....

Lieu d'achat : ....

....

Nombre de pages : ....

Genre : ....

Mots-clés : ....

....

Commencé le : ....

Terminé le : ....

Avis : ....

....

....

....

....

....

....

....

Le ou la coupable : ....

....

....

....

Note : ☆ ☆ ☆ ☆ ☆

Titre :

Auteur·rice :

Lieu d'achat :

Nombre de pages :

Genre :

Mots-clés :

Commencé le :

Terminé le :

Avis :

Le ou la coupable :

Note : ☆ ☆ ☆ ☆ ☆

Titre :

Auteur·rice :

Lieu d'achat :

Nombre de pages :

Genre :

Mots-clés :

Commencé le :

Terminé le :

Avis :

Le ou la coupable :

Note :

Titre :

Auteur·rice :

Lieu d'achat :

Nombre de pages :

Genre :

Mots-clés :

Commencé le :

Terminé le :

Avis :

Le ou la coupable :

Note : ☆ ☆ ☆ ☆ ☆

Citations et notes

Citations ET notes

Citations et notes

3
5
1
8

TABLE DES matières

Illustrations : Fanny Faria
Mise en page : Sonia Blanchard

Imprimé en Espagne par UNIGRAF en avril 2025.
ISBN : 978-2-501-19659-8 / 01
2385585
Dépôt légal : juin 2025